Fin d'une série de documents
en couleur

COURS

DE

LITTÉRATURE DU MOYEN AGE.

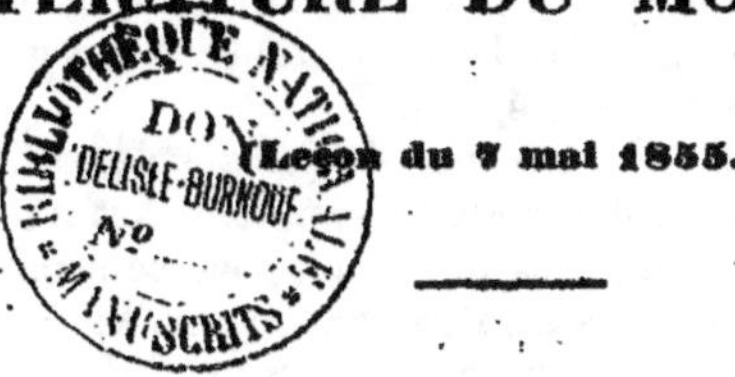

(Leçon du 7 mai 1855.)

***

DE LA MISE EN SCÈNE DES MYSTÈRES;

ET DU MYSTÈRE DE LA PASSION.

***

Quelle était la disposition matérielle de notre ancien théâtre?
Jusqu'à présent on supposait volontiers que c'était un bâtiment
fragile, distribué en trois, quatre ou cinq étages; chacun de ces
étages représentant un lieu distinct, maison, ville ou campagne, et
répondant à ce que nous demandons aujourd'hui à tous les change-
ments de décoration. Ainsi, pour le *Jeu de la Passion*, on aurait
élevé six étages, outre le rez-de-chaussée réservé de droit à l'Enfer.
Le premier aurait été la maison de Notre-Dame, le second le temple
de Jérusalem, le troisième la maison d'Anne, le quatrième la maison
d'Hérode, le cinquième le Calvaire, et le dernier le paradis. De l'enfer ou du paradis, les joueurs auraient passé, suivant les besoins de
l'action, dans chacun des autres étages; et quand ils n'auraient plus
occupé la scène, ils seraient venus s'asseoir sur le devant du théâtre

(10)

en attendant que le Maître ou directeur du jeu les rappelât. Tous ces étages seraient restés constamment ouverts (comme une haute maison dont on aurait abattu les parois extérieures), afin d'y laisser pénétrer l'œil du spectateur ; jamais une toile plus ou moins grande ne se serait baissée entre le public et les acteurs.

Cette explication de l'ancien théâtre chrétien est ingénieuse, puisqu'elle a séduit tous les critiques précédents ; d'abord les frères Parfait, auxquels on en doit la théorie, fondée sur quelques anciens textes mal entendus, puis le duc de la Vallière, puis, de notre temps, Berryat Saint-Prix, Emile Morice, et d'autres critiques encore. Cependant, on dirait que ni les auteurs de cette théorie, ni ceux qui l'ont ensuite adoptée, n'avaient lu un seul des jeux dramatiques pour lesquels la théorie avait été faite.

Car enfin, dans ces ouvrages, la plus grande partie de l'action se passe en dehors des demeures ou *mansions*. Avant d'entrer dans un logis, dans un jardin, dans un temple, les personnages marchent, parlent et agissent. Il y a même plus, ils ne se tiennent dans l'intérieur de la demeure que pour les cas obligés, comme la sainte Vierge dans son oratoire au moment de la salutation angélique ; Jésus-Christ dans le Temple, quand il discute avec les docteurs, et saint Pierre dans l'antichambre de Caïphe ou Pilate, quand il renie son maître. Mais devant la Crèche sont tous les bergers, devant le Temple sont les marchands, devant la maison de Pilate est le Prétoire, qui n'en était séparé, dit le livre, que de quelques pas et qui était fermé de barrières. Entre le Prétoire et la maison était encore le poteau où Jésus devait être attaché. Quand les tyrans, rassemblés devant la maison de Caïphe, suivent Judas qui les conduit d'abord chez la vieille Hedroit pour y prendre des lanternes, puis dans le jardin des Oliviers où Jésus prie, à quelque distance de ses disciples ; — quand Jésus se transfigure ; — quand il enseigne et nourrit la foule sur d'autres montagnes ; — quand il frappe de sécheresse le figuier sur la route de Béthanie à Jérusalem ; — quand enfin il meurt sur le Calvaire ; supposerons-nous qu'on se soit contenté, pour tous ces mouvements de scène et pour bien d'autres, des six étages d'une seule maison ? Quoi ! le Calvaire au cinquième, la flagellation dans une loge du quatrième, et les danses de la jeune Salomé, l'expulsion des vendeurs du Temple, dans les deux autres loges du second et du troisième ! Mais ces vendeurs du Temple, où le fouet de Jésus-Christ les aura-t-il chassés ? Et je ne parle pas de la splendide entrée à Jérusalem ; de ces enfants qui gardent les portes de la ville ; de ce concours de jeunes filles, de veuves et de vieillards qui jettent leurs habits et répandent les fleurs et les rameaux sous les pas du Sauveur du monde. Ces tableaux sont indiqués dans les notes marginales du Mystère, imprimé ou manuscrit. Si donc on peut affirmer quelque chose, en présence de toutes ces exigences, c'est que la théorie des frères Pa   it est parfaitement insoutenable.

J'ai dit que l'on avait été trompé par des citations de textes mal entendus. Dans ces textes, on parle d'échafauds à triple étage, élevés pour contenir les spectateurs ; et l'on a cru qu'on les destinait aux exigences de la mise en scène : c'est ainsi qu'un premier et remarquable rapport entre le théâtre moderne et celui de nos pères est devenu l'occasion d'établir entre eux un véritable contraste, et de transporter, comme on dirait aujourd'hui, la scène à la place des loges et les loges à la place de la scène. On me permettra d'exposer une théorie tout à fait différente.

Pour les Jeux dramatiques, le plus souvent exécutés dans des constructions expressément élevées à cette fin, il y avait des échafauds disposés pour les spectateurs, et ces échafauds étaient souvent à plusieurs étages ; dans tous les cas, ils formaient au moins deux compartiments distincts : le plain-pied ou parterre ; les galeries, stalles ou loges, destinées aux personnes les plus honorées ou les plus riches (1). Rien ne nous empêche même de croire à une certaine analogie de disposition entre ces étages et ce parterre, et notre parterre et nos galeries d'aujourd'hui ; surtout une fois que les Confrères de la Passion furent à Paris entrés en possession de leur Hôtel de la Trinité.

Voilà pour les Spectateurs : quant à la Scène, on doit d'abord aborder une difficulté sérieuse. Si les Mystères réclamaient une disposition entièrement contraire à celle du théâtre moderne, comment ne sait-on pas le moment où le changement s'est opéré ? Les Jeux du Nouveau et de l'Ancien-Testament ne se jouaient pas seuls ; ils étaient escortés de pièces empruntées à l'histoire ancienne comme le siège de Thèbes et de Troie ; à l'histoire moderne comme la vie de saint Louis ou de Jeanne-d'Arc : ajoutons les farces, sotties et moralités, au premier rang desquelles brille Maître Patelin. Ce n'est pas tout : Shakspeare était, en Angleterre, contemporain des Joueurs de Mystères ; et son théâtre avait assurément les dispositions, la mise en

---

(1). « Messieurs les eschevins d'Amiens ont délibéré que au jour que on fera l'histoire du Mistere de la Passion de N. S. ès festes de Pentecoste prochain, ils auront un hours (ou étage) pour voir le Mister ». (Délibération du 8 mai 1455.)

scène de celui qui l'avaient précédé. Or, les drames de Shakspeare, l'Hamlet, l'Othello ne se jouaient pas dans des loges superposées l'une à l'autre: le lendemain ou la veille du jour où l'on annonçait la représentation de *Roméo et Juliette*, ou du *Songe d'une nuit d'été*, on avait joué sur les mêmes planches et l'on allait jouer encore le triomphant Mystère de l'*Ancien-Testament* ou celui des *Machabées*. Il faut conclure de tout cela que la mise en scène a sans doute fait de grands progrès depuis Arnoul Gresban; mais qu'enfin il y avait une certaine et fondamentale analogie entre la disposition du théâtre de Gresban et de Shakspeare, et celle du théâtre de Racine et de Casimir Delavigne. Passons en revue les rapports et les différences.

Quant aux différences, elles tenaient surtout à l'opposition de la théorie dramatique. Aujourd'hui la *Tragédie* est le tableau d'un seul événement emprunté à la vie d'un seul personnage, et ce tableau doit, à la rigueur, se renfermer dans l'espace d'une seule journée de vingt-quatre heures. Pour rendre l'œuvre irréprochable, l'auteur ne doit pas laisser perdre de vue le héros principal, et il doit rapporter tous les incidents à la trame qu'il s'est chargé de nouer et de dénouer. Le *Mystère* se propose tout autre chose. Il représente une vie souvent très-longue, et dans cette vie plusieurs grands événements distincts. Il ne promet pas une création nouvelle de personnages et d'actions; le sujet de ses tableaux est connu de tout le monde à l'avance, et c'est parce qu'on le connaît qu'on s'intéresse à la façon dont il saura le mettre en œuvre. A proprement parler, le Mystère est l'Histoire même, par personnages, et l'auteur n'a que la disposition du dialogue et de tous les fils intermédiaires que l'historien n'a pas indiqués, mais dont il a pu supposer ou du moins accepter le secours. Et que conclure de là? que la Tragédie n'exige pas une grande variété de décorations; qu'une salle, un jardin ou les abords d'un palais pourront lui suffire; mais qu'il n'en sera pas de même, soit du Mystère, soit du drame de Shakspeare. Prenons l'exemple du chef-d'œuvre de la scène française moderne; *Athalie*. Il n'est besoin pour sa représentation d'aucun changement de décoration: à proprement parler, il n'y a qu'une scène, et cela est si vrai, que le premier vers du cinquième acte complète la rime du dernier vers du quatrième. L'action se noue dans un vestibule de l'appartement du grand-prêtre; là, viennent agir et surtout parler, tour à tour ou les uns avec les autres, le grand prêtre Abner, Mathan, Joas, Josabeth, Athalie. Vers la fin, un rideau, dont le spectateur reçoit la confidence, dissimule le petit Joas, puis le révèle à la furieuse

Athalie. Voilà tout ce que l'ouvrage demande à l'art du décorateur.

Mais supposons *Athalie* un Mystère, et que le sujet ait été traité par Arnoul Gresban ou Jean Michel : le récit commencera au massacre des prophètes ordonné par Achab, père d'Athalie ; de là nous assisterons à la mort du tyran et de Jézabel ; Athalie sera proclamée reine sur les places publiques de Jérusalem ; elle assistera aux fêtes de Baal, tandis que le grand-prêtre offrira des sacrifices au Très-Haut. Abner gagnera des batailles, et Josabeth s'occupera de l'éducation du petit Joas. Tout sera en action, rien en récit ; tandis qu'on chantera des psaumes d'un côté, de l'autre on célébrera les louanges de la Vénus phénicienne. Nous serons introduits dans les deux temples, dans les deux palais ; nous parcourrons les rues de Jérusalem, les provinces de la Judée. Et pour tout cela, il faudra sans doute une autre mise en scène que pour la tragédie de Racine. Voici donc comme on y pourvoyait.

Le théâtre s'étendait dans une longueur de cent pieds environ, souvent plus et quelquefois moins. Il s'élevait en face des loges et du parterre, dont il était séparé par une barrière qu'on appelait le creneau. Le premier plan de la scène touchait d'un côté au creneau, de l'autre aux mansions ou constructions : c'était la galerie, le solier ou premier étage du Théâtre. Sous elle était la caverne de l'Enfer, fermée par un grand rideau qui représentait une tête hideuse, qu'on voit quelquefois désignée sous le nom de chappe d'Hellequin. Ce rideau tantôt s'entr'ouvrait à l'aide de cordages, tantôt s'ouvrait largement ; les démons en sortaient par la gueule béante ou par les yeux, et de là sautaient aisément sur la Galerie qui représentait la terre.

Dans les Mystères, cette galerie avancée réunit le plus souvent les personnages du Jeu. Le reste de l'action se passe au second plan, dans un appartement ouvert, comme sur le théâtre moderne ; ou dans un temple, un jardin, la campagne. Deux villes, deux pays peuvent être même disposés aux deux extrémités de la scène. Mais alors ils sont séparés par une sorte de loge fermée intermédiaire. Dans le Mystère de la Passion, par exemple, ou bien l'on opérait un changement total de décoration (comme je l'ai conjecturé, dans un de nos entretiens précédents), ou bien Nazareth côtoyait Bethléem, et dans une autre journée, Béthanie côtoyait Jérusalem. En quittant l'une des deux villes pour se rendre dans l'autre, les personnages abordaient cette loge et disparaissaient aux yeux du public jusqu'au moment où l'on avait besoin de les voir arriver dans l'autre ville. Mais, hors ces cas là, les acteurs allaient d'une maison à l'autre en suivant la galerie d'avant-scène, et le public ne les perdait pas de vue.

Au-dessus des Mansions, et sur le dernier plan, s'élevait un grand berceau construit solidement, et dont les parois concentriques formaient une double ou triple rangée de gradins en retrait. C'était le paradis. Sur les gradins étaient disposés les attributs vivants de la Divinité, puis des guirlandes d'anges peints ou réels. Dieu en trinité était assis au milieu d'eux sur un trône magnifique. Cette partie de la décoration générale était ordinairement très-somptueuse, et vous vous souvenez de ce maître des Œuvres qui disait en montrant ce qu'il avait fait : *Regardez, voici bien le plus beau paradis que vous vîtes ou que vous verrez jamais.* Telles étaient donc les différences de l'ancienne disposition scénique avec la nouvelle.

L'enfer et le paradis s'ouvraient et se fermaient; on ne peut en douter : nous croyons, bien que nous n'en ayions pas encore trouvé les preuves matérielles, que la plupart des mansions se fermaient également, dès que l'action passait d'un lieu dans un autre. Au moins est-il certain que, dans le jeu de la Passion, des personnages vont frapper à une porte, comme les tyrans chez Hédroit, les docteurs chez Pilate et saint Pierre chez Caïphe; on les fait attendre avant d'ouvrir; on les engage à entrer et l'on referme « l'huis » sur eux. Or, si quelques maisons s'ouvraient et se fermaient, pourquoi les autres seraient-elles constamment restées ouvertes? Après tout il suffisait qu'une salle fût privée d'acteurs, pour que le regard du public attiré sur un autre point n'eût plus à s'en préoccuper.

Il y a de l'incertitude sur ce que devenaient les personnages dont le rôle était interrompu. Mais il faut remarquer que l'obligation de suivre l'action dans tous ses détails faisait trouver une raison à l'éloignement de chacun d'eux. Jésus partait de Béthanie pour Jérusalem, il rencontrait un endroit fermé qui le dérobait à la vue; dans la campagne, une montagne lui permettait de s'arrêter sur le versant opposé. Pendant cette disparution momentanée, d'autres personnages sortaient de leur logis ou de l'une des extrémités de la Galerie, pour occuper la scène. Chacun d'eux, après être convenablement sorti, pouvait aller s'asseoir aux deux côtés, gauche et droit, de la Galerie. Là, des siéges pouvaient être préparés pour eux; le public ne s'en occupait pas plus que des rois, reines et héros de nos opéras, quand ils assistent à l'exécution d'un ballet. Cependant sur ce point, je n'ai trouvé aucun renseignement précis.

Quant aux analogies de l'ancienne mise en scène avec les théories modernes, ce n'est plus au théâtre français, mais à l'opéra qu'il faut les demander. Les joueurs de Mystères avaient constamment recours à la surprise des machines et des feintes; ils avaient de faux saints, de faux dieux, de faux anges et de faux démons, pour recevoir le martyre et pour exécuter les sauts et les tours les plus périlleux. Jésus aux mains des tyrans, but de tous les genres d'outrages et de supplices, était remplacé par un mannequin auquel on donnait une certaine ressemblance avec l'acteur chargé de représenter le Sauveur dans les autres scènes. Souvent les Anges qui devaient remplir les messages de Dieu descendaient en poupées et reparaissaient en chair et en os devant Notre-Dame ou Notre-Seigneur. Saint Jean condamné par Hérode mettait sa tête sur le billot, et le bourreau ne tranchait qu'une tête de cire ou de plâtre. Il en était de même de tous les innocents que les soldats venaient arracher du sein de leurs mères, qui criaient alors du haut de leur tête et qui, percés de part en part, allaient retrouver devant ou derrière la scène leurs véritables parents. Toutes ces feintes, nos théâtres de boulevard, à défaut même de l'Opéra, nous en ont donné l'habitude.

Voilà donc la mise en scène, et ce que j'avais à rappeler de la théorie me semble répondre le mieux à toutes les exigences de la représentation des *Mystères*.

Maintenant, pour revenir au Mystère ou Jeu de la Passion, vous savez que nous avons pu l'étudier ailleurs que dans les leçons retouchées et fort augmentées qu'on a imprimées à la fin du xv⁰ siècle et au commencement du xvi⁰. Trois manuscrits, l'un de 1457 et les deux autres moins anciens de quelques années, nous ont donné l'œuvre originale et nous ont permis de reconnaître l'auteur dans Maître Arnoul Gresban, *notable bachelier en théologie; lequel composa ce present livre à la requeste d'aucuns de Paris*. A quelle époque Arnoul Gresban écrivit-il cet ouvrage remarquable? Nous n'avions pas osé dépasser la date du manuscrit, c'est-à-dire l'année 1457. Mais aujourd'hui, deux précieuses quittances nouvellement trouvées à la Bibliothèque impériale parmi les portefeuilles de dom Grenier, l'historien de Picardie, vont nous permettre de surprendre, pour ainsi dire, Arnoul Gresban à son pupitre.

La première du mois de novembre 1452 nous apprend qu'un notable bourgeois d'Abbeville, Guillaume de Borneuil, avoit payé à Arnoul Gresban une somme de dix écus d'or pour avoir de lui le jeu de la Passion. Guillaume de Borneuil, possesseur de cette précieuse copie, revint à Abbeville et obtint aisément des échevins de la ville

---

le remboursement de ses dix écus d'or. La seconde quittance nous l'atteste, comme on va voir :

« *Le dernier jour de décembre 1452, au petit Echevinage, en présence de sire Jean Landée, majeur, a esté conclu par les Echevins en grant nombre, que la somme de dix escus d'or que avoit et que a payé Guillaume de Borneuil, pour avoir le jus de la Passion, à Paris, à maistre Ernoul Grebain, luy fussent baillés et délivrés des deniers de la ville. Et sont iceux jeus, clos et sellés des seaux de Jean de Brimeu, Mathieu du Pont, Chretien de Genesve, et Jacques d'Arnet, echevins ; et mis en un coffre en l'echevinage de la dite ville, tant et jusques à ce que on verra iceulx juer. Laquelle somme sera deduite sur ce que messires vouront donner quant on juera lesdits jeux.* »

Cette quittance nous apprend bien des choses. D'abord Arnoul Gresban écrit son ouvrage avant la fin de 1452, apparemment même quelques années plus tôt ; car c'est en raison de la vogue de son poëme, et par conséquent après nombre de représentations antérieures, que le nom d'Arnoul Gresban avait dû parcourir la France, et qu'un citoyen d'Abbeville n'hésitait pas à se présenter à son logis pour avoir, sinon le droit de faire jouer sa pièce (comme on dirait et comme on ferait aujourd'hui), au moins la possession d'un exemplaire manuscrit très-authentique de l'œuvre originale, exemplaire acquis de l'auteur même. Or, ceux qui faisaient de semblables acquisitions de manuscrits, soit pour eux, soit pour des échevins désireux de concourir aux plaisirs de leurs administrés, avaient bien soin de ne pas en laisser multiplier les copies et de conserver ainsi le privilége de le faire représenter. Il est donc permis de penser qu'Arnoul Gresban, déjà bien payé par la ville de Paris, put encore vendre nombre d'exemplaires à d'autres villes de France, faire ainsi d'abondantes recettes et devancer les bonnes fortunes de nos auteurs dramatiques les meilleurs ménagers et les plus habiles.

Mais enfin cette œuvre, si hautement prisée et si bien payée par les contemporains, avait-elle une valeur réelle et pouvait-elle mériter la vogue qu'elle obtint ? Non, si l'on en juge par l'analyse qu'en donnent les frères Parfait, par le sentiment qu'en ont exprimé tous les anciens critiques, La Vallière, Voltaire, La Harpe, et, de notre temps, Berryat Saint-Prix, Emile Morice, M. Saint-Beuve et M. Génin. Oui, si l'on en croit M. Onésime Le Roy, M. Louis Pâris et M. Eugène Gérusez, qui les premiers ont protesté contre une opinion généralement admise. Vous savez, Messieurs, de quel côté je me suis rangé. Dans l'examen attentif que nous avons fait du Mystère de la Passion, j'ai défendu l'ouvrage contre ceux qui l'avaient maltraité ; j'ai souvent trouvé l'occasion de louer et quelquefois d'admirer l'agrément des détails, l'esprit et la vivacité du dialogue, l'heureux enchaînement des effets, enfin la puissance littéraire de la composition générale.

Pour juger un pareil livre avec équité, il faut oublier les théories dramatiques modernes et ne pas accuser Arnoul Gresban de les avoir méconnues. Le *Mystère* était, je le répète, l'histoire racontée par personnages ; il ne comportait d'autre unité que celle de l'histoire même, et c'est bien le cas de dire l'unité est là *ce qu'elle peut.* Un Mystère qui se serait contenté de reproduire nos chefs-d'œuvre, *Iphigénie*, *Britannicus* ou *Athalie*, n'aurait jamais été représenté. Il ne faut donc pas lui demander ce que nous ne retrouvons pas même chez Williams Shakspeare, chez Lope de Vega ni chez Gœthe.

On s'accorde à regarder le style des Mystères comme leur côté le plus vulnérable ; la faiblesse de la versification ne saurait, dit-on, trouver son excuse dans l'imperfection de l'ancienne théorie dramatique. Mais si nous avons été frappés des nombreux défauts qui appartiennent à la langue et à la versification du quinzième siècle, nous l'avons été plus encore des nombreuses beautés qu'on trouverait sans doute, mais à de rares intervalles chez les autres contemporains. J'ai pu vous citer fort souvent de belles scènes dans lesquelles le dialogue est précisément ce qu'il doit être, et comme arrangement et comme exécution. Tel est le grand Procès de l'Humanité, instruit par les Attributs de Dieu et jugé par la Divinité elle-même. Telle est la première scène des Bergers, dans laquelle Arnoul Gresban a si agréablement lié au sentiment du bonheur de la vie champêtre le récit du grand événement du jour, l'ordre donné par César de prendre le nom de tous les habitants de l'Empire romain. Telle est la conférence des Trois Rois avec Hérode, de ce prince qui ne peut s'empêcher de voir dans l'objet de leurs recherches une atteinte aux droits qu'il tient de la volonté de Tibère. Tel est surtout le dialogue de Magdeleine avec les jeunes seigneurs juifs qui, revenant du sermon prêché par Jésus, expriment si bien leur émotion profonde et donnent à la jeune et belle fille le désir de suivre le divin prophète, qui la verra bientôt inonder ses pieds du parfum de ses larmes. Dans toutes ces scènes et dans vingt autres, la pensée est ferme et juste, la langue est convenable et suffit à la pensée. Mais le style, nous en convenons, ne se maintient pas à la même hauteur. Souvent il présente un fâcheux abus de rimes, une recherche puérile de pointes redoublées : c'était là ce qu'on admirait le plus autrefois. Les morceaux destinés à être chantés nous semblent surtout insupportables, et ils reviennent très-fréquemment; mais enfin ils étaient encore au nombre de ceux qu'on goûtait le plus, et, pour appeler notre indulgence, il suffirait peut-être de nous condamner à lire au hasard un des libretti que Mozart, Meyerbeer ou Rossini auront marqué du cachet de leur génie. Nous n'avons plus la musique de tous les sonnets, motets, virelais, ballades et chants royaux dont est parsemé le Mystère de la Passion; nous sommes donc mauvais juges de l'effet qu'ils pouvaient et devaient produire.

Un reproche que l'ouvrage me semble mériter à plus juste titre, c'est la longueur et la répétition de toutes les scènes dans lesquelles le Fils de l'Homme est livré aux tyrans ou bourreaux de Caïphe et de Pilate. Quelles que soient l'étendue de l'œuvre entière et l'attention scrupuleuse avec laquelle Arnoul Gresban suit pas à pas les évangélistes, depuis l'*Ave Maria* de Gabriel jusqu'au *Consummatum est* du Calvaire, Cependant toute cette vie de trente-trois années est jouée dans un espace de trente à quarante heures, coupées en trois ou quatre journées. Or, les tourments, les coups, les outrages infligés à Jésus-Christ depuis le baiser de Judas, le mercredi soir, jusqu'à la mise en croix, prennent dans le Mystère plus de sept ou huit heures, c'est-à-dire pour le moins une des journées. On n'a rien retranché à la véritable durée de ce hideux spectacle : le Sauveur des hommes n'a pas souffert plus longtemps en réalité que, dans le Mystère, celui qui le représente. Comment pouvait-on se complaire à d'aussi interminables tableaux? Les tourments du Fils de Dieu arrachaient-ils des larmes; les grossiers jeux de mots des Tyrans provoquaient-ils des éclats de rire? nous ne savons : les uns et les autres peut-être; mais nous sommes surpris que les larmes et les rires ne se soient pas lassés dès la première de ces mortelles heures, et le public de nos jours serait assurément incapable d'imiter nos pères dans une attention aussi résolument infatigable.

Au reste, un ouvrage dramatique, fût-il même réduit aux courtes dimensions de nos petites pièces modernes, a besoin du Théâtre : il perd beaucoup à la simple lecture. Il ne faut donc pas être étonné de sentir l'oppression de la fatigue, quand on entreprend aujourd'hui de lire un de ces grands Mystères du seizième siècle que M. Géruzez appelle, avec beaucoup d'esprit, autant de constructions cyclopéennes, et dans lesquels on trouve la réunion encore confuse de l'opéra bouffon et sérieux, de la tragédie, de la comédie, du vaudeville et de la farce. Les beautés les plus réelles s'effacent quand on prétend les juger loin de la scène à laquelle elles étaient destinées. Rien ne dissimule plus les parties faibles de l'ouvrage, ni le chant, ni le jeu des acteurs, ni la pompe des décorations ni l'éclat des costumes : rien ne fait valoir les morceaux qui devaient produire le plus d'effet, grâce aux artifices de la déclamation théâtrale. Je comprends donc la mauvaise humeur de la Critique, obligée de lire tant de longs ouvrages, écrits dans une langue surannée devenue très-obscure, et dans un système entièrement condamné par la prévention moderne. Mais je lui reproche d'en avoir parlé quand elle n'avait pas eu le courage de les lire, et de les avoir jugés avec autant de fermeté que si elle les eût lus et relus avec l'attention la plus scrupuleuse. Si elle avait passé un peu moins légèrement, qu'elle nous pardonne de le lui dire, sur tous nos anciens Mystères, elle n'aurait pas à se reprocher d'avoir prononcé cet arrêt terrible : *« Quant aux beautés dramatiques qui pourraient en grande partie expliquer l'impression produite par les Mystères, nous avouerons que, dans tout ce qui nous a passé sous les yeux, nous n'en avons découvert aucune, de quelque genre que ce fût. »* Nous sommes tous en mesure ici de protester contre la sévérité, l'injustice d'une pareille sentence ; et pour répondre à l'autorité ordinairement si imposante de celui qui l'a rendue, nous pouvons nous contenter d'étudier le Mystère de la Passion. Quelques mots sur les scènes qui vous ont le plus frappé dans ce grand ouvrage, vont donc aujourd'hui confirmer l'opinion opposée que nous avons fait prévaloir.

Je laisse de côté, dans la première journée, le prologue de quinze cents vers qui n'était pas joué, et qui se terminait à l'arrivée d'Adam et Eve dans les limbes. — J'ai cité tout à l'heure la seconde scène, le Procès de l'humain lignage : c'est un morceau qui réunit toutes les grandes qualités du style dramatique ; un dialogue suivi, une argumentation serrée, un langage digne des nobles personnages qu'on y introduit.

2. Le chœur et la chanson des Damnés dans la première scène de l'Enfer :

> La dure mort éternelle
> C'est la chanson des damnés.....

3. Les premières scènes de bergers, délicieuses pastorales qui n'ont rien perdu de leur fraîcheur après quatre siècles, après toutes les transformations de l'art dramatique et du langage.

4. La naissance de Jésus-Christ dans la Crèche, au milieu du triple concert des anges, des bergers et des parents de Joseph.

5. L'entrevue des Trois Rois avec Hérode, dans laquelle Hérode

parle comme doit le faire tout prince jaloux de maintenir son autorité :

> Seigneurs, gardez que vous contez :
> Ignorez-vous nostre puissance,
> Nostre siége, nostre ordonnance ?
> Ignorez-vous que vray roy somes
> De Judée, et de tous les homes
> Qui sont au royaulme appendans ?
> En quel part estes-vous tendans ?
> Quel prince, quel roy querez-vous ?
> Est-il huy autre roy que nous ?
> Est-il home deçà la mer
> Si hardy qui s'osast clamer
> Roy des Juis ? Si, viengne s'embattre :
> Par force l'en voudrons combattre
> Tellement, que s'en desdira.

Corneille ou du moins Voltaire n'aurait pas fait autrement parler Hérode.

Dans la deuxième journée, on ne peut oublier la belle scène de Jean-Baptiste avec Hérode, quand, en présence de la concubine adultère, il reproche au tétrarque les désordres de sa vie. — Les Noces de Cana offrent un tableau riant et naturel ; les serviteurs, les maîtres, Notre-Dame et Jésus y conservent leur caractère ; vous n'avez pas oublié ces jolis triolets :

> Vecy très mauvaise nouvelle,
> Et grevable pour les suppos.

> L'ESPOUSE.

> Que vous faut-il ?

> RESPIQÉ.

> La chose est telle.
> Il n'y a plus de vin aux pos....

C'est encore dans cette journée qu'on trouve la mondanité de Lazare, et le délicieux épisode de la jeunesse de Magdeleine ; l'agréable scène de la danse de Salomé devant Hérode ; la guérison de l'aveugle né, à laquelle les docteurs de la loi refusent de croire, bien que l'aveugle clairvoyant proteste qu'il les voit et que c'est à Jésus qu'il doit le bonheur de les voir. Il faut lire comment leur fureur, ne pouvant enfin se refuser à l'évidence, se tourne contre le pauvre mendiant qu'ils excommunient et traitent en grand coupable, pour s'être laissé guérir un jour de sabbat :

> Chassez le faux vilain dehors!
> Il est digne par son outrage
> Que chascun lui crache au visage,
> Puis que nostre vouloir ne fait.

L'AVEUGLE.

> Helas! eh! je n'ay rien meffait,
> Seigneurs; que me demandez-vous!

NATHAN.

> Il dust estre par mort desfait.
> Va, faux aveugle contrefait,
> Jamais ne t'en viens devant nous!

Dans tous les temps, une pareille scène appartiendrait à la bonne comédie de mœurs. Nous avons encore le droit de louer la dernière entrevue de Jésus avec sa mère, quand, avant les tourments de la Passion, Marie supplie l'Homme-Dieu de ne pas mourir encore, et surtout de ne pas choisir la mort des criminels et les plus horribles tourments. ». C'est, « a dit M. Géruzez, « un dialogue d'une admirable « naïveté, et que cette fois la situation élève jusqu'au sublime. Il « est difficile de porter plus loin le pathétique avec tant de simpli- « cité. » Le même historien de notre littérature française n'a pas non plus méconnu le mérite particulier de la visite de Marthe à sa sœur Magdeleine, au temps de ses premiers égarements. Marthe pourrait être Arsinoë, et sa sœur encore mieux pourrait se nommer Célimène. Mais il faut avouer que ce charmant épisode doit beaucoup aux remaniements de Jean Michel. Il n'en est pas de même du dialogue de saint Pierre avec la servante :

> Il fait le sourd! Ah! vien-ça, dy;
> Ne te vis-je pas au jardin
> Avec luy quand il fut saisy?

PIERRE.

> Eh! je vous respons que nennin!
> Sur mon serment le vous affy.

SALMANASAR.

> Il faut chanter d'autre Martin!
> Ne te vis-je pas avec luy

Au jardin quand il fu saisy ?
Advis m'est que je le choisy,
Coupant l'oreille à mon cousin.

N'est-ce pas là ce que les pédants appelleraient *via comica*; et, par conséquent, une véritable beauté dramatique?

La troisième journée nous a offert un tableau d'un tout autre genre, le repentir, le désespoir et la mort de Judas : scène admirablement composée par Gresban, mais ensuite retouchée et gâtée par Jean Michel. Vous n'avez pas oublié ce morceau de l'arrivée de Désespérance que Shakspeare aurait certainement envié ; la malédiction des Juifs sur eux-mêmes et sur leurs enfants, l'épisode de la femme de Pilate, les incertitudes si bien exprimées de ce juge prévaricateur ; les dernières paroles du bon larron. Tout cela compense un peu la fatigue que nous font éprouver les interminables plaisanteries des bourreaux autour de la divine victime.

Arnoul Gresban, tout en remontant aussi haut que possible, c'est-à-dire à la Salutation angélique, avait divisé son œuvre de vingt-sept mille vers, en trois journées. On joua l'ouvrage avec le plus grand succès dans toutes les villes de France et dans un assez grand nombre de communautés religieuses. Cependant on s'en lassa, comme on se lasse de tout, et vers 1480, un habile docteur, nommé Jean Michel, fut invité à le renouveler pour l'usage de messieurs les bourgeois d'Angers. Michel consentit à prendre cette charge difficile ; son travail de remaniement est le seul qui ait été imprimé et que les critiques aient eu jusqu'à présent le malheur de consulter. Il diffère dans plusieurs parties graves de l'œuvre originale. D'abord M⁰ Jean-Michel a eu le tort d'y introduire un assez grand nombre de paroles indécentes et de jeux de mots licencieux. S'il avait rendu seulement responsables de ces grossièretés les bourreaux de Jésus, on aurait un prétexte pour ne pas l'en blâmer trop sévèrement. Dans la bouche de pareils garnements, les excès de langage ne sont pas contagieux ; il en est de ce qu'ils disent comme des vilaines postures que les artistes prêtent souvent aux démons, à la porte de nos édifices sacrés. Mais les bergers eux-mêmes, si gracieusement et si purement naïfs sous la plume de Gresban, sont devenus des pâtres obscènes sous celle du scientifique docteur Jean Michel ; et ce travestissement est sans excuse. Il est vrai qu'à côté de vers qu'on voudrait raturer et dont la Critique a tiré tant de parti contre l'ancien théâtre, il en est d'autres que l'arrangeur a fort heureusement ajoutés à l'œuvre ancienne. Par exemple, il y a plusieurs couplets frais et gracieux comme celui-ci :

MELCHI.

Que feront, tandis, brebiettes,
Que les pastoureaux repaistront ?

ACHIN.

A l'ombre, sous les espinettes,
Et à la senteur des herbettes,
Doulcement se reposeront.

MELCHI.

Les pastourelles chanteront.

ACHIN.

Pastoureaux getteront œillades.

MELCHI.

Les Nimphes les escouteront,
Et les Driades danseront
Avec les gentes Oréades.

On dira que voilà des bergers bien savants : mais de quel droit l'auraient-ils moins été que ceux de Virgile et de Théocrite? On ne saurait le dire. J'en conclus seulement une fois de plus que la Critique s'est trompée en soutenant qu'une seule pensée avait préoccupé les auteurs de Mystères ; celle de retracer, dans les hommes et les choses d'autrefois, les scènes de la vie commune qu'ils avaient sous les yeux. Non, l'Art, pour eux, ne se réduisait pas à cette copie, à ce *fac simile* fidèle, et rien ne me semble plus inexact qu'une telle appréciation. La vie mondaine de Lazare et de Magdeleine, les entretiens de la cour d'Hérode, les discussions de Pilate avec les Juifs, et surtout les adieux de Jésus et de Marie, sont des tableaux qui appartiennent à l'art le plus élevé, ils font également honneur au peintre qui les a tracés et au public qui s'en montrait le judicieux admirateur.

L'ouvrage d'Arnoul Gresban, divisé en trois journées, est devenu, sous la plume de Jean Michel, un premier Mystère de la Nativité de la Vierge et de Jésus-Christ, puis un Mystère de la Passion en quatre journées ; le tout formant un peu moins de cinquante mille vers. C'est, comme on voit, bien près du double de la Passion de Gresban. Cependant, à tout prendre, la composition du premier auteur est bien préférable à celle du dernier arrangeur. Elle offre moins de longueurs et de mauvais goût ; elle est lisible d'un bout à l'autre, et la Passion de Jean Michel ne l'est pas. Cela ne veut pas dire qu'à la représentation la dernière n'ait pu sembler beaucoup plus agréable ; mais il en faudrait seulement conclure que le public était devenu moins délicat, au temps de Louis XI et de Charles VIII, qu'il n'était cinquante ans auparavant, sous le règne de Charles VII. Les farces et les soties avaient alors accoutumé les spectateurs à des brutalités de langage auparavant exclues des représentations dramatiques. Aujourd'hui, je crois que la publication du poëme d'Arnoul Gresban serait mieux reçue et donnerait une idée plus juste de notre ancien théâtre que la reproduction du Mystère déjà imprimé du docteur Jean Michel. Car les deux frères Arnoul et Simon Gresban sont l'expression de la scène chrétienne au temps de son plus grand éclat, tandis que Jean Michel ne représente déjà plus que l'époque de sa décadence.

Paulin PARIS.

PARIS, IMPRIMERIE DE PAUL DUPONT,
rue de Grenelle-Saint-Honoré, 45.

www.ingramcontent.com/pod-product-compliance
Lightning Source LLC
LaVergne TN
LVHW020107070726
842525LV00018B/2303